온 가족이 함께 읽는 동시

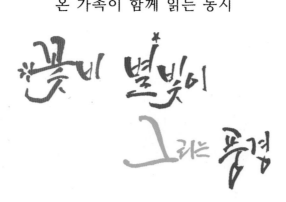

꽃비 별빛이 그리는 풍경

이 기 동 동시와 삽화

지은이-이기동(李紀東)

1962년 충남 예산에서 태어나, 호서대학교 신학과와 대학원을 졸업하고, 지금은 부여 수암교회에서 목사로 이웃들을 돌보며 글을 쓰고 있습니다.

아침 일찍 날아와 노래하는 딱새, 박새, 곤줄박이 소리에 잠 깨어 일어나 하나님의 따사롭고 정교한 손길을 따라 동행하고 있습니다.

산책길에 꽃을 보면 매일 꽃이 질 때까지 찾아가 가꾸어 주고, 영 모습을 보이지 않고 청아한 목소리로 노래하는 새소리가 들리면 그 새가 나에게 가까이 날아와 마주 볼 때까지 나무에 기대앉아 기다립니다. 깊고 고요한 밤에는 마당에 나가 별을 세며 별자리를 찾아봅니다.

1991년 『시조문학』 여름호 추천으로 시인이 되었고, 2004년 『아동문예』 문학상을 받으며 동시와 동화를 쓰기 시작했습니다. 새들의 아름다운 모습을 사진에 담아 여러 사진대전에서 수차 입상하면서 자연과 생물들의 신비를 기록하는 생태 사진작가로 활동하고 있습니다.

지은 책으로 시집 『마음의 집에 작은 들창을 내어』가 있고, 동화책 『요 작은 새야, 네 이름은 쑥새야!』가 있습니다. 이 책은 2006년 한우리가 뽑은 좋은 책으로 선정되었습니다. 사진동화 『꾀꼬리와 파랑새의 비밀』과 『꾀꼬리야, 사랑해!』, 그리고 동시집 『마당에 그리는 그림』이 있습니다. 시조집으로 『산가의 아침 노래』도 있습니다.

2021년 KBS 창작동요대회에서 『네가 보고 싶어서』 작사가로 우수상을 받고, 동요작사가로 활동하면서 하나님이 참 아름답게 지으신 자연을 시와 노래로 환하게 밝혀주고 있습니다.

어린 시절의 나와 손잡고

이 기 동

  내 마음을 열어 마치 서랍 속 나만 아는 비밀이 있는 보물처럼 어릴 적 추억과 낭만을 꺼내 봅니다. 꿈이 많았지만 목사가 되었고, 화가의 꿈은 이루지 못했고, 시인과 사진작가의 꿈은 시골에 와서 꽃과 새, 별들도 보며 시도 쓰고 사진 찍으며 이루고 있어요.

  산책길에서 시간을 모를 만큼 동심에 잠겨 봅니다. 어린 시절의 나를 만나서 초등학교 다닐 때 친구와 선생님, 그리고 내가 살던 집, 사과꽃향기 날리는 꽃그늘에서 그 소녀와의 풋사랑, 학교 다니던 길이 그림처럼 펼쳐집니다.

  내 고향 예산 사직동 뒷동산에서 피었던 진달래가 반세기가 훨씬 지난 지금 여기 내가 사는 부여 옥산에서도 봄마다 피어나 그 어린 시절에 피었던 꽃처럼 싱그러워요. 내 고향 산천은 아니어도 봄에는 양지꽃, 개나리, 진달래, 산벚꽃, 아카시아꽃들이 피고, 가을에는 코스모스, 구절초, 산국들도 그 어린 시절에 보았던 예쁜 모습 그대로 피어나요. 여름에는 마당에 있는 꽃밭에서 채송화, 봉숭아꽃, 나리꽃이 피어나 옛날 우리 집이 생각나게 합니다.

  동시를 쓰다 보면 어린 시절의 나와 손잡게 됩니다. 동시를 읽고 동요를 부르던 어린 내가 나에게 말을 건네 동시를 쓰게 됩니다. 내마음의 정원에는 지금의 나보다 훨씬 젊은 엄마, 아빠와 함께 달밤에 꽃비를 맞으며 이야기하고, 별들을 헤아리던 어린아이가 어른이 되어 지금도 한자리에 있는 별자리를 어린 자녀들에게 가르쳐 줍니다. 어린이들이 동시를 읽으며 좋은 정서를 갖고 자라났으면 하는 마음으로 그들과 함께 책을 읽고 이야기하는 시간이 가장 즐겁습니다.

내 마음에 있는 사랑이니, 기쁨이니, 감사는 꽃처럼 잘 돌보고, 잡초 같이 가꾸지 않아도 잘 자라는 미움이니, 유혹이니, 원망이니, 탐욕이니, 거짓을 뿌리째 뽑아 버려서 착한 동심을 지키고 싶어요.

정원에서 꽃들을 위하여 풀을 뽑으며, 내 마음이 꽃밭인지, 풀밭인지, 가만히 들여다보며, 마음에 있는 잡초도 뽑아 없애고 있어요. 그래도 잡초 같은 어른의 마음이 묻어있어 못마땅한 동시도 이 시집에 끼워 넣었습니다. 봄마다 민들레나 토끼풀이 잡초처럼 자라나 푸른 풀밭으로 만들고, 가꾸어 주지 않아도 꽃을 피워 꿀벌들을 불러서 차마 뽑아 버리지 못하듯이, 못마땅한 동시도 꽃밭에서 피어난 민들레 꽃, 토끼풀 꽃 같아서요.

우리 어린이들이 지금 책 읽기 싫어도 어릴 적에 읽은 좋은 책은 평생 마음에 남아 내가 가야 할 길을 가르쳐 주고 이끌어 줍니다. 지금 읽고 싶은 책이나 마음껏 하고 싶은 놀이는 무엇인가요? 일기장에 도서 목록이나 꼭 하고 싶은 놀이나 여행 목록을 적어 놓고 하나씩 실천해 보세요. 어린이들도 어른이 되면 지금 어린 시절이 그리워질 테니까요.

우리 어린이들이 "꽃비 별빛이 그리는 풍경"을 읽고, 꿈을 이룬 어른이 되어서도 펴 보는 동시집이었으면 합니다.

2024년 내 마음이 가을 하늘이고 싶은 날

사계절 꽃향기와 새들의 노래와 별이 빛나는 산가에서

5

동심으로 그린 수채화 같은 시

한 초 롱(동요 작사·작곡가)

어느 봄날, 캠핑을 가서 상쾌한 기분으로 새소리에 잠을 깼습니다.
"찌쮸, 쯔르르르, "찌쮸, 쯔르르르"
저는 이 새소리가 한 곡의 노래로 들려서 같이 따라 불러 보았습니다.

새소리만 듣고도 새이름을 아는 이기동 시인의 동시는 동심으로 깊이 관찰하고 그린 수채화 같습니다. 그의 동시를 읽다 보면, 해맑게 웃는 아이들과 아름다운 자연의 모습들이 눈앞에 수채화처럼 펼쳐지곤 합니다.

이기동 시인은 이번 동시집을 내면서 다섯 가지 테마에 따른 시들로 구성하였습니다. '나의 꽃말'은 테마와 같은 제목의 동시를 필두로 하여 꽃과 관련되어 있는 정서를 담은 시들로 엮었습니다. 아주 작은 아침 이슬 속에서 꽃도 나무도 햇살도 깃들어 있고, 그리운 친구의 얼굴도 우주도 보는 시인의 눈길을 마주 보게 됩니다. 그의 동시에서는 꽃의 아름다움을 통해 삶에서 깨닫는 다양한 물음과 답을 생각해 보게 됩니다.

'동화 그리는 캠핑' 테마에서는 동심이 가질 수 있는 천진난만한 생각에 대한 장면을 그리고 있습니다. 저는 어린 시절에 뮤지컬이나 오페라를 보면 무대 연출가가 되고 싶었습니다. 그 꿈이 있어서 지금 동요의 멋진 무대를 만드는 가창 지도자가 되었다고 생각합니다. 특히 이 섹션의 동시를 통해 이기동 시인의 천진난만함은 어린이들의 동심과 아주 가까이 맞닿아 있어서 그들에게 꿈과 사랑을 주고 있습니다.

이 동시집의 제목으로 정한 '꽃비 별빛이 그리는 풍경' 테마에서는 꽃비가 내리고 별빛이 아름답게 빛나는 풍경에 파묻혀 단짝이 되는 우정을 노래하고 있습니다. 사랑과 행복, 우정을 보고 만질 수 있다면 얼마나 좋을까요? 첫사랑을 젖니가 빠져 잇몸이 간질간질한 통증으로 표현하고, 새 이가 새싹처럼 돋아나고 있다는 표현을 보면 앞니가 빠져도 방긋 웃는 귀여운 아이가 떠오릅니다. '새소리가 마음의 창문을 열어' 테마에서는 새에 관련된 장면들을 담은 동시를 엮었습니다. 평소 수많은 새들의 모습을 관찰하며 글도 쓰고 사진으로 촬영한 이기동 시인은 새에 대한 조예가 남다릅니다. 그는 새의 생태와 울음소리에 따른 의사소통을 저에게 종종 이야기할 경우도 있는데, 새를 관찰하기 위해 오랜 시간 기다리는 인내와 끈기를 가진 사진작가이기도 합니다.

'청개구리에게 사과를' 테마에서는 소라게와 소라, 달랑게, 그리고 작은 곤충인 꿀벌과 개미와 베짱이를 관찰하여 익살스러우면서도 교훈을 주는 동시를 소개하고 있습니다. 또한 언제나 우리를 새롭게 하는 아침과 사계절을 하나님의 약속으로 노래하고 있습니다.

이기동 시인의 동시는 동심에 대한 진심이 담겨 있습니다. 동시를 읽으며 어린이들은 자신과 우주 만물에 대한 생각을 해볼 수 있으며, 어른들은 어린 시절의 마음을 다시 꺼내어 볼 수 있는 시간을 가질 수 있습니다. 어른이 되어서도 마음속 어린아이가 언제나 순진하게 함께 하기를 바랍니다.

2024년 원아트홀에서

차례

나의 꽃말

동화 그리는 캠핑

차례

꽃비 별빛이 그리는 풍경

새소리가 마음의 창문을 열어

차례

청개구리에게 사과를

동요와 가곡 악보

나의 꽃말

나의 꽃말

어디서나 뿌리내려 웃으며 피어난
노란 민들레 꽃,
감사와 행복을 준다는 꽃말처럼
어디서나 감사하는 마음씨가 자라서
누구에게나 행복을 주고 싶어요.

상큼한 민들레 꽃처럼
나는 나의 빛깔과 향기가 있어요.
나의 꽃말은 사랑의 노래이고 싶어요.
민들레 꽃씨처럼 멀리멀리 날아서
새록새록 싹트는 나의 꽃말 사랑의 노래.

어디서나 뿌리내려 정겹게 피어난
하얀 토끼풀 꽃,
행복과 행운을 준다는 꽃말처럼
어디서나 따사로운 마음씨가 자라서
누구에게나 행운을 주고 싶어요.

달콤한 토끼풀 꽃처럼
나는 나의 빛깔과 향기가 있어요.
나의 꽃말은 행복의 노래이고 싶어요.
네 잎 클로버처럼 몰래 숨어 있어도
도란도란 들려오는 나의 꽃말 행복의 노래.

봄비가 갠 날

봄비가 똑똑똑
언 땅을 두드리며
흙 속에 숨어 있는
씨앗들을 찾고 있다.

잠자는 씨앗들은 깨어나
빗소리를 들으며
흙 속에 꼭꼭 숨어서
뿌리를 내리고 있다.

빗소리도 들리지 않고
아무도 찾아주지 않아
새싹 날개를 펼쳐
쏘옥 얼굴을 내밀고 있네.

이슬 · 1

풀잎아,
어쩌면 유리알처럼 맑고 투명하게
이슬을 꿰어 놓았니!

나비도 잠자리도
풀잎에 앉아
작은 이슬을 들여다본다.

우와!
작은 이슬 속에는
꽃도 나무도 햇살도 깃들어 있네.

한참 이슬을 보다 보면
그리운 친구의 얼굴도
우주도 깃들어 있다.

이슬 · 2

햇살이 아이의 웃음처럼 비쳐들어
풀잎에 맺힌 이슬 속에서
초롱초롱 맑고 순수한 눈망울이 보인다.

바람이 아이의 숨결처럼 불어와서
풀잎에 맺힌 이슬 속에서
플루트 소리가 조로롱 조로롱 들린다.

꽃들에게 사랑을

봄비가 솔솔 내려와
"꽃씨야 일어나라."

꽃씨는 기지개 켜며
뿌리를 쭉 뻗었어요.

언 땅을 열어젖히고
새싹을 펼쳤어요.

따사로운 햇살이
"너도 꽃을 피울 수 있어."

줄기는 곧게 뻗어
잎들을 피웠어요.

햇살을 흠뻑 받으며
꽃망울을 피웠어요.

바람이 산들 불어
"네 향기는 달콤한 꿈."

꽃들은 자기 빛깔과
향기 담아 피었어요.

꿀벌과 나비도 날아와
꽃소식을 전해요.

봄꽃들의 편지

봄소식 전하려고
개나리, 진달래, 벚꽃,
봄꽃들이
서둘러 잎보다 먼저 꽃을 피웠어요.

사랑을 전하려고
향기가 나는 꽃잎 편지 써서
꿀 우표, 꽃가루 우표 붙여서
벌, 나비를 불러요.

벌, 나비는
봄소식, 꽃소식,
꽃들의 사랑을 전하느라
우체부 아저씨보다 바빠요.

민들레 꽃

언덕길
보도블록 틈새에 피어난
민들레 꽃.

나를 보고
생긋 웃어 보였다.

민들레 꽃은
노란 신호등
"조심해."
"천천히 잘 다녀."
엄마 목소리가 들린다.

잠간 보고도
민들레 꽃은
그냥 그대로 시들지 않고
내 마음에 피어나 있다.

맨날 보아도 좋은 엄마 얼굴처럼
나를 보고 웃는
민들레 꽃.

나비의 노래

마당에서
동요를 부르는 고요한 아침,

산새들 맑고 고운 노랫소리
평화롭게 들리고,

문득 하얀 나비가
나풀나풀 날아와 악보 위에 앉았네.

나비도
노래 부르고 싶은가 봐.

오선지 위에 음표 따라
하얀 날개 나긋나긋 아양을 떨고 있네.

네가 보고 싶어서

(2021 KBS 창작동요대회 우수상)

이기동 작사
한초롱 작곡

1.꽃 은 네 가   보 고 싶 어 서
2.새 는 네 가   보 고 싶 어 서

나비와 그림

꽃밭에 앉아서
그림을 그리는데,
나비가 나풀나풀 날아와
도화지에 앉았어요.

그림을 못 그렸다고
생각했는데,
꽃그림 위에 앉았어요.

잠깐 앉았다 날아갔지만
나에게
"정말 꽃처럼 잘 그렸다."고
칭찬해 주고 싶었나 봐요.

나비와 그림!
아름다운 한순간이
지금껏 빛바래지 않는
그림 한 장으로 남아 있어요.

꽃을 꺾다가

눈부신 빛깔,
그윽하고 은은한 향기,
혼자 갖고 싶어서
꽃을 꺾다가
가시에 찔렸어요.

꽃이 푸른 향기를 쏟으며
나에게 속삭이는 말을 들었어요.

"나는 너를 찌르지 않았어.
네가 나를 꺾다가 찔렸지."

손가락에 박힌
작은 가시를 빼면서 생각했어요.

꽃이 예쁘다고
꺾어가니까
자기를 지키려고
가시가 돋았다는 것을…….

꽃은 푸른 향기를 쏟으며
내 마음에 가시를 꽂아 놓았어요.
꽃을 사랑한다고
꽃을 꺾지 말라고…….

꽃은 향기를 눈물처럼 흘리며
내 마음에 깃들었습니다.

한 송이 꽃이 시들어

한 송이 귀여운 꽃,
네가 시들고 나서 알았어.

내가 정성스레 꽃을 돌보고
가꾸어 주었다고 생각했어.

꽃이 시들고 나서 알았어.
네가 나에게 향기를 주고
기쁨도 주어
내가 너를 얼마나 의지하고 있었는지를……。

꽃말

백합에게서
백합 향기가 나고,

연꽃에게서
연꽃 향기가 난다.

하나님은 꽃들에게
고유한 빛깔과 향기를 주셨다.

사람들은 백합과 연꽃에게
순결이니, 신성이니,
알맞은 꽃말을 붙여 주었다.

꽃들은
진실로 변하지 않는 향기를 지니고 있다.

나에게서는
어떤 향기가 날까?

사람들을 위하여
백합을 지으신 하나님은
연꽃도 지으셨다.

나도 사진 찍어 주세요

꽃 사진을 찍는데
나도 사진 찍어 달라고
나비가 팔랑팔랑 날아와
꽃에 앉았다.

나는 좋아서
꽃과 나비의 눈에 초점을 맞추는데,
바람이 시샘하여
꽃을 흔들어대는 바람에
나비가 날아가 버렸다.

흔들리는 꽃 사진을 보니,
아하, 바람도 사진 찍어 달라고
꽃을 흔들었구나.

흔들리는 꽃 사진 속에는
나비가 날아가고
어느새 바람이 날아와 찍혀 있네.

꽃의 느낌표

가을에 꽃잎이 시들어
꽃은
"예쁘게 잘 살았어."
마침표(.) 모양
꽃씨를 남겼어요.

봄비가 흙 속에 꽃씨를 깨워
꽃씨는
"싹이 날까?"
물음표(?) 모양
새싹을 피웠어요.

봄 햇살과 꽃바람이 불어와
새싹은 자라서
"꽃망울이 생겼어!"
느낌표(!) 모양
꽃잎이 동그랗게 둘러앉아 활짝 피었어요.

가을에 핀 봄까치꽃

봄소식 전하는
봄까치꽃이 가을에도 피었네.

나는 꽃이 하는 말을
잘 모르지만
가을에도
봄처럼 살아가래요.

봄까치꽃이 가을에도 피어서
철없다고 하지 말아야지.

봄까치꽃의 꽃말이
왜 기쁜 소식인지 알겠다.

가을에도
꽃 피는 봄처럼 살아가래요.

동화 그리는 캠핑

봄은 초록불, 가을은 빨간불

자, 출발!
새롭게 시작하라고
봄은 온통 푸른 새싹이랑
신록들을 피워
초록불을 켠다.

잠깐,
가끔 단풍놀이도 하라고
가을은 온통 푸른 잎새들을
노랗게 빨갛게 물들여
불을 켠다.

여름과 가을 사이

"여름아 가지 마라."
매미가 맴맴 맴맴
하루 종일 초승달 뜰 때까지
바이올린 협주곡
맴맴 맴맴
매암매암
쓰르라미들도 쓰르람쓰르람

"여름아 즐거웠어."
베짱이가 베짱베짱
저녁에는 보름달 달빛 받아
비올라 협주곡
베짱베짱
찌르르르
여치도 따라서 찌르륵찌르륵

"가을아 어서 오라."
귀뚜라미 귀뚤귀뚤
밤새도록 그믐달 뜰 때까지
첼로 협주곡
귀뚤귀뚤
귀뚜르르
어울려 노래해, 쓰르르 찌르륵

현악 삼중주
맴맴 맴맴
베짱베짱
귀뚤귀뚤
풀벌레 음악회가 한창 열리는
여름과 가을 사이.

눈과 고드름

눈 쌓인
마당은 도화지

처마 끝
고드름은 연필

고드름을 따서
솜이불 덮은 마당에
네모난 창문을 하나 둘 그리면
눈 덮인 마을이 되네.

한글은 놀며 배워요

내 동생 공놀이하며
"동그라민 이응(ㅇ)이야!"

네모난 창문 열며
"네모는 미음(ㅁ)이야!"

각지고
동그랗고 네모난
자음 열넷, 모음 열.

젖니를 빼며

엄마 무릎에 누워
아프다고 겁을 내면서도
젖니를 빼달라고
입을 살짝 벌려봅니다.

"엄마, 할머니처럼
이가 나지 않으면 어떡해?"

"할머니도 어려서 너처럼 이를 뺐는데
튼튼한 이가 났었어.
어려서 빼는 이는 다시 나.
지금 빼지 않으면 덧니가 난단다."

이가 빠진 할머니를 보며
다시 겁이 나서
내가 젖니를 뽑겠다고 합니다.

"아빠,
어떻게 이가 다시 나?"

"봄에 화분에 꽃씨를 심었지,
지금 창가에 나팔꽃이 핀 것처럼 예쁘게
하얗고 튼튼한 이가 난단다."

씨앗에서 꽃이 피어난 것처럼
이가 다시 날 것을 믿으며
아빠에게 젖니를 뽑아달라고 합니다.

아빠가 무명실로 젖니 뿌리를 묶어 당기자
이가 뿌리째 빠집니다.
나는 빠진 젖니를 지붕에 던지지 않고
꽃씨처럼 꽃밭에 심자고 합니다.

무정란이 뭐예요?

병아리가 자라서
처음 알을 낳았다.

"엄마,
알을 품어서
병아리가 깨어 나오게 하자."

"생명이 없는 무정란이라
알을 품어도
병아리가 깨어 나오지 않아."

"엄마,
무정란이 뭐예요?"

"아빠한테 물어 보렴."

"아빠,
무정란이 뭐예요?"

"무정란은
수탉이 없이
암탉 혼자서 낳은 알이라
병아리가 알 깨고 안 나와."

"왜요?"

"생명이 없어서……."

"이상하다.
방금 낳은 알인데
생명이 없다니……."

동화 그리는 캠핑

아침 하늘을 여는 박새들 노랫소리 듣고
손 내밀면 날아와 앉는 예쁜 새 곤줄박이
숲속 정원에 캠핑 와서 처음 보았어요.
날마다 새롭게 들리는 산새들 노랫소리
봄을 부르는 햇살 따라
새록새록 피어나 인사하는 풀꽃

여울여울 타오르는 호롱불 아래에서
엄마랑 오순도순 새소리 동화 그려요.

봄밤 하늘에 뜨는 별빛들 속삭임을 듣고
목동처럼 별자리 이야기를 만들어 봐요.
숲속 호수에 비친 달과 나를 보았어요.
아기곰 북극성 돌보는 엄마곰 북두칠성
봄을 부르는 처녀자리
큰곰자리 지키는 목동자리 별빛

서로서로 사랑하는 마음이 아름다워
아빠랑 초롱초롱 별자리 동화 그려요.

책벌레

엄마가 좋아하는
책벌레가 되고 싶어요.

책을 읽다가 잠이 들어서
엄마가 깨웠어요.

"너는 책만 보면 자니?
잠은 침대에서 자야지."

"엄마, 나는 책벌레예요!
애벌레가 잠자고 나면
나비가 되잖아요.
나도 잠자고 나면
날개 달린 나비가 될 거예요."

"그래,
나비가 되는 꿈을 꾸렴."

나는 누워서 헤벌레 웃어 보이고
화려한 변신을 꿈꾸며
책을 펼쳐요.

주말농장에 가서

흙아!
내가 심은 씨앗을 품어 주어
잘 자라게 해서
고마워.

씨앗을 심었을 뿐인데
흙이 품어 주어서
꽃이 웃으며 피어났어.
나도 꽃처럼 웃어 보였어.

흙아!
꽃은 시들어 떨어졌지만
심은 대로 열매를 맺게 해 주어서
고마워.

공부도 노력한 만큼
성적을 거두었으면 좋겠어.
밤새웠는데
공부하지 않은 문제만 수두룩했어.

난 흙이 좋아
꽃씨도 풀씨도 똑같이 품어 주어서…….

사과꽃향기

아빠는 농사지으면서
땅에 떨어져 멍든 사과를 깎아 드셨다.

나에게는 나무에서
가장 예쁜 사과를 따 주셨다.

사과를 팔기 위해
지게에 담아 언덕을 오르내리셨다.

아빠 몰래
사과가 가득 담긴 지게를 메다가
그만 넘어지고 말았다.
사과들이 떼구루루 굴러서
내 머리에 쏟아지고,
사과향기가 훅훅 내풍겼다.
무릎의 상처를 칡잎으로 감싸주고
나를 업어주시는
아빠는 땀 냄새를 내뿜으셨다.

아빠의 어깨에 얼굴을 묻고
멍든 사과에서 나는 듯한
땀 냄새를 들이마셨다.

가장 좋은 사과를 따 주셔서
너무 크다고 말하면,
반으로 쫙 쪼개서
빨갛게 잘 익은 쪽을
나에게 건네주셨지.

아빠의 품에서는
싱그럽고 향긋한 사과꽃향기가 난다.

정말 맛있어요?

엄마는
아침에 사과를 깎아 주시며
못난이 사과가 맛있다고 드신다.

나에게는
가장 좋은 사과를 골라
예쁘게 깎아 주신다.

"엄마,
못난이 사과가 맛있다며,
왜 나에게는 맛없는 사과를 줘?
내가 맛있는 못난이 사과를 먹을래요."

엄마는
익숙한 솜씨로 김밥을 말면서
김밥 꽁다리가 맛있다고 드신다.

나에게는
가장 좋은 김밥 가운데 토막을
가지런히 모아 주신다.

"엄마,
김밥 꽁다리가 맛있다며,
왜 나에게는 맛없는 김밥을 줘?
내가 맛있는 김밥 꽁다리를 먹을래요.
엄마가 좋은 김밥, 좋은 사과 드세요."

엄마는
못난이 사과,
김밥 꽁다리를 드시고,
나는 좋은 사과와 김밥을 먹으며 자란다.

가족

가족을 찾는다는
전단지 가까이 다가가 봅니다.

'눈이 초롱초롱, 코가 반짝반짝 빛나는
코코를 찾습니다.'

늙고 병들어 보이는
푸들 사진 아래에 쓰여 있는 사례금

'우와! 300만 원이나 준다고,
예쁜 강아지 10마리는 사겠다.'

'왜 오직 코코여야만 해?'
생각하다가도

'가족이라잖아.'

난 안 아파요

엄마가
상처를 싸매주며 묻는다.

"아프지?"

아프지 않다고 말하고 싶어서
엄마를 쳐다보자,

"나도 아프다."

눈물이 글썽 고인다.

선물하고 싶은 꽃

엄마,
어느 꽃을 좋아하세요?

엄마가 좋아하는 꽃을
선물하고 싶어요.

너는
웃음꽃을 아니?

너의 반달 눈웃음이
가장 아름다운 꽃이야!

엄마도 꽃이야,
내가 엄마 닮아서 예쁘지!

나의 자장가

엄마 팔베개 베고 코하자.
자장자장
토닥토닥
쓰담쓰담
자장가를 불러 주셨어요.

나는 잠이 안 와
자꾸 눈을 감았다 뜨고,
엄마는 스르르 잠이 들어
나는 살며시
곤히 잠든 엄마의 얼굴을 바라보았어요.

창문에 달빛도 비쳐들어
엄마의 얼굴을 쓰다듬어 주었어요.
엄마 이제는
내가 팔베개해 주고
자장가를 불러 드릴게요.

엄마, 내 팔베개 베고 코하자.
자장자장
토닥토닥
쓰담쓰담
엄마가 나에게 불러 주신 자장가를 불러 드렸어요.

꽃비 별빛이
그리는 풍경

이슬아침

친구야,
새소리가
아침 창문을 열어
진주 같은 이슬이
햇살을 받아 빛나고 있어.

꽃잎에
꽃소식 받아 전하려고
벌, 나비 나풀거리고,
나팔꽃은
아침의 영광을 노래해.

친구야,
너와 함께 보고 싶어.
이슬아침에
새소리가 평화롭게 들리고
햇살 비치는 풍경을……。

친구야,
이슬아침은
한순간 빛나지만
우리를 날마다 새롭게 하고
하루하루의 아침은 영원히 이어진다.

내가 손잡아 줄게

너는 혼자가 아니야
내가 손잡아 줄게
마음의 창문을 열어 봐
매일 아침 햇살이
너의 창문에 비쳐들도록

멀리 떨어져 있는
섬과 섬 사이에 다리를 놓아주듯
가까이 다가가 손잡아 줄게.

나는 네 마음 알 듯해
내가 손잡아 줄게
나에게 어깨를 기대 봐
너의 아픈 마음이
고운 노래를 부를 때까지

섬에 다리가 있어
혼자 길을 가기보다는 우리 서로
어깨동무하고 둘이서 가자.

꽃비 별빛이 그리는 풍경

봄을 좋아하는 내가
어떻게 가을을 좋아하는 너와
단짝이 되었지?

꽃샘바람이 불어도
연분홍 꽃망울이
활짝 희디흰 꽃잎을 열어
사과꽃향기 날리는 봄날

눈송이처럼
사과 꽃잎 하롱하롱 지는 과수원에
문득 꽃보라가 쏟아져서
너의 토라진 얼굴에 생긋 웃음이 피어났어.
나도 모르게 살며시 너의 손을 잡았지.

우리는 두 손으로 꽃잎을 모아
별보라가 펼쳐진 밤하늘에
꽃보라를 날렸어.

고요한 별바다 하늘 아래
목동자리, 처녀자리, 별자리 찾다가
우리는 서로
살포시 어깨를 기대고 있었어.

나긋나긋 꽃비 내리고
별빛이 초롱초롱 그리는 풍경에 파묻혀
샘솟는 환희를 느끼며
단짝이 되었지.

봄이 좋은 나는
네가 좋아하는 가을을 기다린다.

달빛이 그려주는 풍경

해종일 공부하고
너 혼자 가는 길을
상냥히 밝혀주는
초승달을 보고 있니?

별들도,
보름달, 그믐달도
새로 떠서 너를 본다.

교교히 흰 달빛이
물감처럼 스며들듯
함초롬 물든 풍경을
손잡고 보고 싶어.

달빛 속,
너의 속삭임이
다정하게 들려와.

꽃잠 자는 새벽녘에
놀 비친 창문에 떠서
살포시 너를 보는
그믐달을 알고 있니?

달빛이
희미해지기 전에
들창문을 열어 봐.

봄 햇살

햇살이 종을 치네
아침 창을 열어 놓고…….

잠자는 아기 꿈길에
포르르 날아들어가

샘처럼
아기 뺨에서 나는
쟁쟁 맑은 종소리.

햇살이 잠을 깨네
살포시 입 맞추며…….

땅속 뿌리들이
물 길어 꽃을 피워

아기는
마냥 꿈길을 가다
꽃밭에서 며 감겠지.

햇살이 알을 깨네
새 새끼 부리처럼…….

아직 젖은 새가
갸우뚱 날갯짓하고

아기는
날개가 돋아날 양
기지개 켜는 대낮.

낮달

해님이 보고 싶어
대낮에 높이 떠서

해님 몰래 따라가다
흰 구름에 숨었는데,

해님이 구름을 살짝 걷어
방긋 웃어 빛나는 달.

웃음꽃 이야기꽃

꽃다발 선물을 받았어요.
"꽃잎은 시들어도
백합화 장미꽃은 향기를 남기듯
너에게도 향기가 있어" 엄마 말을 듣고
나는 생긋이 미소 지었어.

웃음꽃 이야기꽃에서는
백합화 장미꽃보다 향긋한 향기가 난다.
친구야, 너의 웃음꽃
함께 피웠던 이야기꽃에서는
언제나 새롭게 사랑의 향기가 난다.

웃음꽃 이야기꽃에서
피어나는
사랑의 향기!

꽃다발 선물을 받았어요.
"꽃잎은 시들지만
백합화 장미꽃은 꺾어서 심어도
튼실하게 뿌리를 내려" 아빠 말을 듣고
나는 촉촉한 땅에 심었어.

뿌리를 잘 내리지 못하고
백합화 장미꽃은 향기롭게 시들어 가도
친구야, 우리 웃음꽃
함께 피우는 이야기꽃은
언제나 새롭게 마음에 활짝 피어나.

웃음꽃 이야기꽃에서
피어나는
사랑의 빛깔!

첫사랑

너를 만나고부터인가
잘 자란 젖니가
흔들리며 아프다.

젖니는 빼야 한다고
울면서 젖니를 뽑아
지붕에 던져버렸다.

비 오는 어느 날,
지붕에 던진 젖니가
추녀 밑으로 떨어져
땅속에 묻혀버렸다.

거울을 보니
젖니 빠진 아이가
활짝 웃고 있다.

잇몸이 간질간질하다
간지러움도 통증이다.

새 이가 새싹처럼
돋아나고 있다.

너를 보면
가지런히 자란 이를 드러내놓고
활짝 웃어야지.

풋사랑

내 생일도 기억하고
선물도 주고,

나를 좋아하나?

"너 나 좋아해?"

나는 친구를 좋아해서
용기 내어 물었는데,

"아니."

나에게 거짓말하는 눈치가 맞나?

달맞이꽃

달맞이꽃이 피어
하늘을 보았다.
달은 떠 있지 않았다.

달맞이꽃은
달이 안 떠도 피는구나!

달도 보이지 않고
별 하나도 보이지 않는
캄캄한 밤하늘 아래 들길에 피어나
달맞이꽃은
향기를 내며 달맞이를 기다린다.

너를 생각하다가
하늘을 다시 보았다.
달이 뜨지 않고
별이 보이지 않아도
네가 보고 싶다.

달맞이꽃은
달이 뜨지 않아도 피듯이
나는 너를 만날 날을 기다린다.

너를 닮은 꽃

장미처럼
예쁘고 향기도 싱그러운
리시안셔스는
너를 닮아서
가시도 없고 사랑스러워.

하늘하늘한 꽃잎이
꺾어도 잘 시들지 않고,
리시안셔스는
가시가 없어서
나는 오히려 꺾지 않을래.

리시안셔스가
너를 닮아서 예쁘고 사랑스러워.

날씨가 궁금해

내가 사는 곳
내가 다니는 곳
날씨가 궁금해
아침마다 일기예보를 본다.

너를 만나고 나서는
네가 있는 곳
날씨가 궁금해
순간마다 일기예보를 본다.

내 마음의 동화

책을 읽다가
책갈피에 빛바랜
네 잎 클로버를 보았다.
책장에 물들이고
빛바랜 네 잎 클로버

네 잎 클로버를 찾아
나에게 건네준
친구,

내 마음 어느 갈피에 숨었다가
미소 짓는 친구야!

소라 껍데기를 매만지며

네가 나에게 찾아준
소라 껍데기를 매만지고 있어.

너와 바닷가에 앉아서
파도만 바라보다
파도에 부딪치며 밀려갔다 밀려오는
소라 껍데기를 보았지.

노을이 물든 바닷가에서
가장 예쁜 소라 껍데기를 찾아
너는 나에게 다가와 건네주었지.

파도에 깎이고 깎여
뾰족 뾰족 모가 난 돌기도 닳아
말끔해진 소라 껍데기를 매만지고 있어.

너를 만나
설렘이 파도쳐 와서
내 마음도 다듬어 상냥해졌어.

소라 껍데기 속에서
별들이 파도 소리 들으며 도란거리고
너를 만나 기쁘다는 속삭임이 들리고
너의 반달 눈웃음이 꽃처럼 피어나.

소라 껍데기에 깃든
정다운 이야기를 찾아서
너와 함께 걸었던 바닷가에 가고 싶어.

새소리가 마음의 창문을 열어

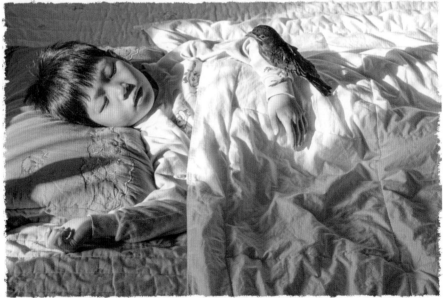

새와 애벌레

아빠가
단잠 자는 나를 깨웠다.

"그만 일어나!"
"Wake up!"
"일찍 일어나는 새가 벌레를 잡는다."
"The early bird catches insects."

나는 이불을 번데기처럼
뒤집어쓰고,

"아빠! 나는 애벌레."
"Daddy! I am an insect."
"일찍 일어나면 새에게 잡아먹힌다고요."
"If I wake up early, I will be eaten by birds."

엄마가 이불을 벗기고
나에게 뽀뽀하며 하는 말,

"우와!
영어도 잘 하는
애벌레가 나비가 되었네."

나는 눈 비비며 일어났다.
"나비도 잡아먹히거든요,
새가 되어야지."

짹짹짹, 불러야지

자기들끼리
"짹짹" 하고 부르는데,
너는 왜 어른들처럼
참새라고 불러?

잘 들어 봐,
자기들끼리 서로
"짹짹" 하고 부르잖아.

우리가
새들과 친구가 되려면
"짹짹" 하고 불러야지.

"참새야" 부르면
훌쩍 날아갈 거야.

"짹짹짹" 하고 불러 봐.
고개를 갸우뚱하며
너를 볼 거야.

새는 손이 없어도

새는 손이 없어도
하늘을 나는 꿈을 이루는
날개가 있어.

무엇인가 많이 소유하려는
손은 없어도
먹을 만큼만 먹을 수 있는
부리 하나로
노래도 하고
둥지도 짓는데,

새는
어렵게 지은 둥지도
아기 새가 자라면
아낌없이 버리고
하늘을 날아다니지.

딱새는 나의 편지

편지도 오지 않는데
우편함을 만들어 놓았어요.

어느 날 딱새가
우편함에 들락거리더니
둥지를 틀고
알을 낳아 품기 시작했어요.

마침내 부화되어 자라는
아기 딱새들은
눈 뜨고
여린 날갯짓하며
날마다 새로운 소식을 전하는 편지예요.

아기 딱새들의 안부가 궁금해
우편함을 열어 보면
부리를 벌려
즐거이 노래를 불러 주었어요.

비로소 어린 딱새들이
포롱포롱 포르르 포르르
힘차게 날개를 펼쳐
하늘 높이 날아올랐어요.

우편함 둥지를 떠났어도
딱새 가족은 우리 집 주변에서
아침 일찍 일어나 노래를 불러 주며 살아요.

딱새 가족이
나에게 보내준 편지는
내 마음에 선물로 남아 있어요.

새소리가 마음의 창문을 열어

봄비가 창문을 두드려도
꽃샘바람이 불어와
창문을 열지 않았어.

창문이
비바람을 막아주었어.

햇살이 창문을 두드려도
그윽이 햇빛이 스며들어
창문을 열지 않았어.

창문이
햇살은 비쳐들게 했어.

새소리가 감미롭게 들려와
창문을 열어젖혔어.

어느 새인지
보고 싶어서…….

새소리를 듣고 싶어서

숲속에서 잘 자란
아름드리 나무 한 그루가 잘려나가
그루터기만 남았어.

둥지를 잃은 딱따구리와 후투티가
그루터기를 떠나지 못하고 울다가
노래를 불러 주었어.

박새도 꾀꼬리도 파랑새도
숲속의 새들이 모여 울다가
노래를 불러 주었어.

그루터기는
새소리를 듣고
움을 돋워 새싹을 피웠어.

새잎이 귀처럼 쫑긋 돋아났어.
울음소리도 예쁜
새소리를 듣고 싶어서…….

오월

해마다 오월은 혼자 오지 않고
꾀꼬리와 파랑새를 데리고 찾아오네.
불현듯
온갖 꽃을 피우고
새소리도 드높여.

후투티를 보았어요!

"훗훗훗"하고 운다고
후투티라고 불러요.
엄마는 "호호 호호" 노래한대요.
아빠는 "후후 후후" 노래한대요.
내 귀에는 "뽀보봉 뽀봉 뽀봉" 들려와요.

오디를 좋아한다고
오디새라고 불러요.
온종일 후투티를 지켜보아도
오디는 별로 몇 개 먹지 않고요,
땅강아지 찾아서 진짜 많이 먹었어요.

인디언 추장 같다고
겨우 추장새라고요?
후투티 도가머리 살펴보세요.
솔로몬 왕관 닮아 아름다워요.
나는 나는 솔로몬 왕관새라고 부를래요.

후투티야! 놀라지 마

후투티야,
도가머리를 쭈뼛쭈뼛하는 모양이
예쁘다고 너무 가까이 다가가지 않을게.

나를 보고 놀라서
경계하고 긴장하며
도가머리를 쭈뼛쭈뼛하는 거니까.

인디언 추장이
새 깃털을 머리에 꽂은 모습을 닮았다고
후투티를
인디언 추장새라고 하지 않을게.

폈다 접었다 하는
머리 깃털은
인디언 추장의 깃털 모자가 아니라
솔로몬 왕관보다 빛나고 멋있어.

순 우리말로
새소리를 흉내 내 지어준
후투티라고 불러 줄게.

너는 물총새야!

실패해도 괜찮아
실망하지 마
엄마 아빠도 물고기를 잡다가 놓칠 수 있어.
너는 물총새야!
이제는 네가 물고기를 잡아야 해.

우리는 작지만 길고 단단한 부리가 있지.
절벽을 파고 깊이 둥지를 짓는 부리가 있어
물속에서 노는 물고기도 잡을 수 있지.

우리는 작지만 날쌔고 힘찬 날개가 있어.
예리한 눈으로 물속을 들여다보다
아주 빠르게 첨벙
물고기를 잡아 훌쩍 날아올라.

너는 물총새야!
물고기를 향해 돌진해.
물속에 첨벙
물고기를 잡아
날개를 펴고 훌쩍 날아올라.

곤줄박이를 보며

둥지에 들어갈 때는
애벌레를 물어 오고,

둥지에서 나올 때는
아기똥을 물고 가네.

작은 새 곤줄박이를 보며
엄마 사랑 알겠네.

쇠박새 엄마와 아기

엄마 새가
"호옹, 쯔빗"
둥지 근처 날아오면

아기 새가
"찌빗, 찌빗"
밥 달라고 조르는 말.

어쩌면
아기 새인데
엄마 소릴 알아듣나?

134

쇠딱따구리 가족

귀여운 아기 새가
하늘을 날고 싶어

자꾸만 둥지 밖으로
고개를 내밀어요.

엄마가
"아직은 날지 못해."

아빠는
"날아볼까?"

꼬마물떼새

비바람이
지나간 냇가
종종걸음
꼬마물떼새

밤새
비 맞아 울다
해 뜨자
봄나들이

잘 참은
꼬마물떼새
발자국을
남기네.

쑥새

산길에 어린 새 한 마리가
가을비에 젖어 쓰러져 있다.
나는 새를 정성스레 쓰다듬으며
손을 둥지 모양으로 만들어
고이 품는다.

"네 이름은 뭐니?"

"집은 어디니?"

"엄마는 없니?"

새는 가냘프게
"쪽, 쪽, 쪽" 울 뿐이다.

나는 새를 안고
집으로 와서
새 이름을 도감에서 찾는다.

"아하,
네 이름은 쑥새구나."

먼 캄차카반도에서 날아와
엄마도, 친구도 잃고
지쳐서 쓰러졌나 보다.

"쑥새야,
너는 겨울철새야.
고향으로 가는 봄이 올 때까지
내가 엄마도 찾아주고
친구도 되어 줄게."

청개구리에게 사과를

숲속 친구야, 안녕!

반딧불이를 보았니?
시냇물 흐르는 푸르른 숲속으로
반딧불이 찾으러 가자.
맑은 물 숲속 향기 따라가면
찾을 수 있을 거야.

사람들 불빛에 시나브로 사라지는
반딧불이를 찾아 떠나자.
초롱초롱 초로롱
노래로 불러보자.

우와! 반딧불이다!
반딧불이야, 안녕!
마음껏 빛을 내렴
우리가 지켜 줄게.

딱따구리를 보았니?
아름드리 나무가 울창한 숲속으로
딱따구리 찾으러 가자.
푸른 숲 오솔길을 따라가면
찾을 수 있을 거야.

둥지 틀 나무를 마구 베어 사라지는
딱따구리를 찾아 떠나자.
따다다닥 따다닥
노래로 불러보자.

우와! 딱따구리다!
딱따구리야, 안녕!
마음껏 집 지으렴
우리가 지켜 줄게.

무지개가 어디 갔지?

비가 갠 하늘에
영롱히 빛나던 무지개가 어디 갔지?

나비가
빨간 채송화 꽃에 앉아서
"여기 있지."

꿀벌이 날아다니며
"주황, 노란 채송화 꽃에도
숨어 있지."

꾀꼬리가 젖은 날개를 가다듬으며
"내 노란 깃털은
무지갯빛 받아 물들었지."

숲속의 나무들이
푸른 잎을 살랑거리며
"초록 빛깔은 여기 있어."

파랑새가 하늘 높이 날아다니며
"내 깃털에는
파랑, 남색 무지개가 숨어 있지."

도라지꽃은
보라 빛깔을 받아 활짝 피었다.

꽃들도 새들도
무지개가 자기에게 있다고 노래해.

청개구리에게 사과를

스스로 알을 깨고 나와
올챙이가 되고,
혼자서 잘 자라서
귀여운 청개구리가 되었어요.

엄마가 말 안 해도
청개구리는 목욕도 잘 해요.
아빠가 말 안 해도
청개구리는 옷도 잘 입어요.

나무 위에서는
나무색 옷을 입고,
새잎에서는
초록색 옷을 입어요.

청개구리는 울지 않아요.
말도 잘 듣고
노래도 잘 해요.

소라게와 소라의 꿈

소라야,
너처럼 집이 있으면 좋겠어.

바닷가 갯벌에서
작은 소라 껍데기를 찾아
힘들게 다니지 않아도 되고,

몸이 자라면
집도 커지는 신기한
너의 집이 내 집이면 좋겠어.

소라게야,
너처럼 마음대로
집을 바꾸었으면 좋겠어.

무거운 집을
짊어지고 다니지 않아도 되고,

마음껏 가지고 놀 수 있는
너의 집이 내 집이면 좋겠어.

빙빙 비틀린 고둥 껍데기에 들어가
미끄럼도 타 보고 싶고,
별이 된 할아버지, 할머니
소라 껍데기에도 들어가 보고 싶어.

소라야,
별처럼 예쁜 너의 할아버지 빈 집에서
살아도 되니?

달랑게의 꿈

콩알만큼 작다고 놀리지 마
우리에게는 꿈이 있어.
파도가 밀려와서
집을 무너뜨려도
우리는 달랑달랑 뛰어다니며
다시 갯벌에
동그란 굴집을 만들지.

달랑달랑 집게발로
모래알을 하나하나 올려서
달랑달랑 노래 부르며
물방울 같은 모래 경단을 만들면
햇볕이 물기를 말려주고
바닷바람이 불어
모래 경단을 언덕으로 날려 주지.

순비기나무, 통보리사초, 모래지치, 갯방풍, 갯메꽃,
희귀 식물들이 자라고,
종다리, 검은머리물떼새,
새들이 둥지 트는
바닷가 모래 언덕을 만들고 있어.

해당화랑 순비기나무가 향기를 날리고,
표범장지뱀, 금개구리, 소똥구리랑 어울려
평화롭게 잘 사는 꿈이 있어.
사막 같은 모래 언덕을 만들어
태풍이 와도 해안선을 지킬 거야.

하나님의 약속

누구와 약속했는지
아침이 왔다 가고
봄,
여름,
가을,
겨울이 왔다 갑니다.

긴 겨울이 지나고
새봄이 나를 찾아왔어요.
작년에 인사도 없이 떠난 봄이
내년에 다시 온다고 약속했다고
봄꽃들이 피어나 인사하고 있어요.

아침이 와서
나를 깨워주고
저녁이 와서
편히 잠들게 하고

한 해가 저물어
연문 하나 그리게 하고
새해가 와서 나를 새롭게 하고

아침이 오고 가고
봄이 오고 가는 당연한 일이
하나님이 나와 맺은 약속이었어요.

계절은 약속하지 않아도

약속하지 않아도
어김없이 계절은 오고 간다.

햇살은 봄인데
꽃샘바람은 겨울이어도
봄까치꽃, 수선화, 산수유, 개나리, 진달래,
봄꽃이 피고,

약속하지 않고 떠나간
꾀꼬리가 다시 날아와
미안하다는 듯이
휘파람 부는 노랫소리가 들린다.

기러기 떼가 날아가고
흰 구름도 없어 허전한 하늘에
파랑새가 날아와 우렁차게 노래한다.

약속하지 않아도
새봄이 와서
온 세상 아름답게 꽃을 피우고
새들도 짝을 찾아 노래 부른다.

가을비가 갠 날

소슬히 단풍 지는
장독대 빈 항아리에

단비가 조촐히 내려
하늘이 찰랑대니

해님도 들여다보고
흰 구름도 머물고.

껍데기에게 감사해

밤송이가 아람을 열어
알밤 삼 형제가 얼굴을 내밀었다.

"껍데기야, 고마워!
아람을 열어 주어서……."

"내가 알밤이 되도록
감싸주고 보호해 주어서……."

"네가 있어서
알맹이가 알차게 영글었어."

"그래그래,
잘 자라서 고마워."

껍데기와 알맹이가
서로 고맙다고 인사하는 가을날!

꿀벌에게 미안해

꽃들이 열매 맺도록
꽃들에게 사랑을 전하는
꿀벌아,
마음대로 벌꿀과 설탕을 바꿔서
정말 미안해.

벌침을 쏘면
자신은 죽는 줄 알면서도
꿀벌이 목숨을 바쳐서라도
꼭 지키고 싶은 건
벌꿀보다
꽃들에게 사랑을 전하고
열매 맺게 하는 일이 아닐까!

꿀벌아,
가을에는 꿀을 뺏지 않고,
꽃들이 피지 않는 겨울 동안
잘 지내라고
설탕과 꽃가루도 충분히 줄게.

꿀벌아,
봄이 오면
네가 좋아하는 꽃들이 화사하게 필 거야.
가을에는 네가 꽃들을 사랑해서
탐스러운 열매들이 주렁주렁 열릴 거야.

개미와 베짱이

개미 허리가
왜 잘록한지 아세요?
여름내 뙤약볕에서
허리띠 졸라매고 일해서요.

베짱이 허리가
왜 통통한지 아세요?
여름내 풀잎에 앉아
즐겁게 노래하며 지내서요.

개미에게 가서
일하는 지혜도 배우고,
베짱이에게 가서
노래도 배우고 싶어요.

개미와 베짱이에게

베짱이야,
노래하는 너의 열정만큼
겨울맞이 해야 하잖니?

개미야,
베짱이가 노래 불러줘서
즐겁게 일하지 않았니?

네가 보고 싶어서

작사 이기동
작곡 한초롱

별 은 네 가 보 고 싶 어 서

빛 을 낸 단 다 ─

창 가 에 밤 새 워 널 보 는 별 을 봐

마 음 밝 혀 주 잖 니 ─ 네 가

별 ─ 네 가 보 고 싶 어 서 ─

별 ─ 네 가 보 고 싶 어 서 ─

D.S. al Coda

일기를 쓰고 싶은 날

작사 이기동
작곡 김은선

나의 꽃말

꽃처럼 새처럼

작사 이기동
작곡 공윤팔

내가 손잡아 줄게

작사 이기동
작곡 이종대

1.너 는 혼 자 가 아 니 야
2.나 는 네 마 음 알 듯 해

내 가 손 잡 아 줄 게
내 가 손 잡 아 줄 게

174

마음의 창문을 열어봐
나에게 어깨를 기대봐

매일 아침 — 햇살이 — 너의 창문에
너의 아픈 — 마음이 — 고운 노래를

비쳐들도록
부를때까지

mf 멀리 떨어

저 있는 섬과섬 사이에 다리를 놓아주

175

가 기 보 다 는 우 리 서 로   어

깨 동 무 하 고 둘 이 서 —   손 잡

고 가 자 가 자   *mp* 내 가 손 잡 아

줄 — 게 —

숲속 친구야, 안녕!

♩ = 110
소중한 자연을 생각하며

작사 이기동
작곡 이건화

반딧 불이를 보았 니 시냇물흐 르는
푸르 른 숲속 으로 반딧 불이 찾 으러 가-

1.

자 찾 으러 가 자

2.

맑은물 숲속 향기 따-라 가-면 찾을수 있을거

야 사 람 들 불빛에 시나브로 사라지는

반딧불이를 찾 아떠나자 초롱 초롱

초로롱 노래로 불러보-자

베드로처럼

작사 이기동
작곡 김지혜

1.주 는 그 리스도 살아 계신 하나 님 의 아들 이라고 베드 로처럼 나 는 진실로 고백 하는 가

2.내 가 주 와 함께 죽 더라도 부인 하 지않겠 노라고 베드 로처럼 나 는 철없 이 자신 하는 가

3.나 와 동행하는 주님 떠나 그를 정 말 모르 노라고 베드 로처럼 나 는 얼마 나 부인 했던 가

4.주 를 모른다고 닭 울 기전 배반 하 고 몹시 울었던 베드 로처럼 나 는 눈물 로 참회 하는 가

**후렴 아 침 해 변에서 내가 주를 사랑함 을 아시 노라고 베드 로처럼 나는 진실로 항 상 고 백하는 가

온 가족이 함께 읽는 동시

꽃비 별빛이 그리는 풍경

초판 1쇄 발행 ‖ 2024년 11월 30일

지은이 ‖ 이기동
편집디자인 ‖ 정순교
캘리그라피 ‖ 김면수

펴낸이 ‖ 박옥주
펴낸곳 ‖ 아동문예
등록일 ‖ 1987년 12월 26일
주 소 ‖ (우)01446 서울특별시 도봉구 도봉로 109길 78
전 화 ‖ 02-995-0071~3, 02-995-1177
팩 스 ‖ 02-904-0071
이메일 ‖ adongmun@naver.com/ joo415@hanmail.net
홈페이지 ‖ www.adongmun.co.kr

인 쇄 ‖ 진흥문화(주)

ISBN 979-11-5913-448-7 73810

값 13,000원

＊본 도서는 충청남도, 충남문화관광재단의 후원으로 발간되었습니다.